沉默的箫管

姜智敏 著

黄河出版传媒集团
宁夏人民出版社

图书在版编目（CIP）数据

沉默的箫管／姜智敏著 . —银川：宁夏人民出版社，
2018. 1

ISBN 978 - 7 - 227 - 06838 - 9

Ⅰ. ①沉… Ⅱ. ①姜… Ⅲ. ①诗集—中国—当代
Ⅳ. ①I227

中国版本图书馆 CIP 数据核字（2018）第 001411 号

沉默的箫管 姜智敏 **著**

责任编辑　杨敏媛
责任校对　管世献
封面设计　文飞燕
责任印制　肖　艳

黄河出版传媒集团
宁夏人民出版社 出版发行

出 版 人　王杨宝
地　　址　宁夏银川市北京东路 139 号出版大厦（750001）
网　　址　http：//www. nxpph. com　　　　http：//www. yrpubm. com
网上书店　http：//shop126547358. taobao. com　http：//www. hh-book. com
电子信箱　nxrmcbs@ 126. com　　　　　renminshe@ yrpubm. com
邮购电话　0951 - 5019391　5052104
经　　销　全国新华书店
印刷装订　四川金邦印务有限公司
印刷委托书号　（宁）0008145

开本　880mm×1230mm　　1/ 32
印张　6　　　　字数　150 千字
版次　2018 年 3 月第 1 版
印次　2018 年 3 月第 1 次印刷
书号　ISBN 978 - 7 - 227 - 06838 - 9
定价　38. 00 元

一

仿佛一夜之间，繁花开满人间。

我知道这是花的集市，是春天才有的殊荣。

无数我能叫出名字和叫不出名字的花，都在竞相开放，争奇斗艳。甚至它们把阳光也调得如花蜜般芬芳。这个时候，我可以不用去写诗，闭上眼睛，每种涌上心头的花名，都是最美的诗句……

二

路上偶遇一对母子，年轻的母亲抱着两岁的娃娃，阳光打在她们的脸上，幸福浮在她们的唇间。孩子和母亲经常相视一笑，我从来没有见过如此纯净的笑容，像清晨叶尖上的露，晨曦的第一缕阳光，山林飘荡的香甜空气。每个孩子都是上天赐予我们的天使，他们有着水晶般无瑕通透的心灵，善良的父母，请善待你的天使，不要让这颗水晶过早蒙上俗世的尘土……

三

没有比你的睡姿更动人了，孩子！从来没有。你睡着的时候，如月光轻伏在柔波，花瓣栖落在沃土，还像蚌里深藏的那颗珍珠。孩子，在你睡着的时候，你的呼吸同样令人着迷，你轻柔的呼吸是窗外微微荡漾的湖水，是风吹过的琴弦，也是蝴蝶翅膀一次次的振动。守着你入睡，我品味到人生从未有过的美好……

四

　　总是在熟悉的山径，期待落花如雪飞扬；总是在寂静的山林，聆听内心真实的声音；总是在夜阑人寂，挑灯夜读，写下一串思念已久的名字；总是在脑海里莫名地涌上这样的诗句：知道你在放羊，却不知道你在哪座山上；知道你还在流浪，却不知道你行走在哪条路上……

五

　　听风在草叶上的絮语，看指尖在琴键上的舞蹈。曾经的你，既温柔了岁月，又惊艳了时光。成为我心中一段永不磨灭的记忆。

　　世间最奢侈的事并非家藏万卷，也不是富可敌国，最奢侈的莫过于忘记你，穷尽一生的时光，依然不能忘记你……

六

怀揣三月的清风来看你，即便你已远行，也有一缕微风轻抚你的发际。

怀揣三月的桃花来看你，即便你已远行，也有一抹花香洇湿你的腮红。

怀揣三月的涧水来看你，即便你已远行，渴望你涧水般的眼睛里，留下我依依告别的身影……

七

你赠我鹿眼的惶恐，我报你马达的心跳。

你赠我朝霞的羞涩，我报你山月的皎洁。

你赠我流云的思念，我报你湖心的映照。

八

坐在飞驶的列车窗前，所有春天的景物都在拼命向后奔跑。有时是一块坡地，一座山丘，或是几株弱柳，一亩方塘。所有的事物仿佛在这一刻全都苏醒了，竹林在奔跑，农庄在奔跑，炊烟也在奔跑……我知道它们在冬天沉寂得太久，需要疏松疏松筋骨，抖擞抖擞精神。坐在飞驶的列车窗前，我不担心自己会迷失方向，我只是担心这春天跑得太快，跑得太远，我甚至还来不及细细品味，她就给我留下一个远去的背影……

九

乡村的夜之所以宁静，那是所有的声音都陷入了沉睡。风早已敛起了翅膀，它们都化作月下那些沉默的暗影。

十

　　那些在春天唱歌的鸟儿，歌声湿润而黏稠。
我不知道它们在唱些什么，但我知道，就在此
刻，它们已经成功地将我残缺的乡村记忆，全部
黏合在一起。

十一

　　父亲，你睡着的姿态是沉默的山脉。
　　你满头的白发是我思念的夜雪。
　　你额前的皱纹是故乡纵横的沟壑。
　　它们都在呼唤我的归来。

十二

　　急雨才是上天赐下的酒，要不这田里的秧，山上的树，还有江河里的浪，怎么一个个都被醉得东倒西歪。

十三

　　菜地是制造惊喜的地方，春天在翻地时，曾无意刨到一堆去年遗下的土豆，还曾在菜畦的边上，意外收获了不少野菜。这次菜园的篱笆墙外又来了惊喜，一只萝卜和一颗白菜竟然携手跳出菜地，跃出篱笆在路边茁壮地生长。它们快乐的样子，令我想起小的时候，父母去田里干活，被锁家里的我和妹妹，一道翻出院墙时那种说不出的喜悦。

十四

　　我躺在初春的大树底下休憩，一片不知从哪儿被风吹来的黄花瓣儿，栖落在我的脸上。它柔软地轻触，让我觉得这并不是花的有意之举，这分明是春天用她温软的嘴唇，轻轻地啄了我一下。

十五

　　忽然想起了七月，想起乡村的夏夜，蟋蟀们在月光下湿漉漉的草地上纵情歌唱，它们的声音像小提琴的琴弦急促划过的乐声，像竖笛在柳林的空气里颤动，又仿佛午夜溪流轻拂卵石发出的声响。这样美妙的声音，在城市里，我们已经无法听见。

城市的夜晚只有浮华的灯火，这里的天空看不到星光，地上也寻不出一片月色。城市囚禁了我的身体，乡村才是我灵魂栖居的地方。

十六

婴儿初生的啼哭，是春天来临吗？最后一片雪融化的水滴，是春天来临吗？

冻土里的种子，绽发出的第一枚新芽，是春天来临吗？

哦，这些都是，又似乎都不是。当有一种柔软，极其轻易地，撞开了我坚硬的心扉，我知道，真正的春天已经来临了。

十七

　　拾掇一下人生经历，总有一些令人难忘的画面。在城市街头的一角，年老的乞丐正用瘦弱的臂膀，竭力扶着坐在地上乞讨太久的老妻，想让她起来活动一下。

　　而不远处，一对聋哑情侣正走在路上，女孩漾着笑颜打着手势向男友"倾诉"，而男孩则把一粒蜜饯，偷偷地塞进她的口中……

　　一直以来，我都以为语言是世上最动听的声音，事实上在这些感人的画面面前，语言竟也是如此苍白无力，真正的爱其实都不是用嘴说出来的……

沉默的箫管

11

十八

　　苹果都有两个凹陷处，一个在顶部，一个在底端。孩子们告诉我："那是苹果的肚脐！""你见过有肚脐长在头上的吗？"我问。孩子们都笑了，红红的腮边上，都齐齐地绽出两个醉人的小酒窝。

　　一刹那我找到了答案，两个凹陷处其实就是苹果的酒窝啊！红苹果和孩子们一样，永远都是心怀喜悦，笑着面对这一世界。

十九

　　每种花开，都有我们鲜知的花语。正如我初见到你的时候，你的一娉一笑，同样令我捉摸不透。

二十

　　一丛花足以点燃一个春天的热情，一滴雨足以唤醒沉睡一冬的大地。我要用"嘚嘚"的马蹄击破你内心的沉静，并召唤那远来的风，期待在你的心湖吹起一丝涟漪……

二十一

　　天空的鹰还在与大地对视，云朵停止奔跑，集体降落在草原上，化作羊群。

　　姑娘啊，你小小的身影，如草原上的野花摇曳，曾经你用牧歌，唤醒我心中的春天，让荒漠焕发了生机。

　　如今，你即将离我而去，我不愿再见到你远去的背影，它像一颗被风吹进眼里的沙粒，总是烙得我的眼睛，酸痛不已。

二十二

春天，他们只关心，蓝天、白云和桃林。
他们觉得，这些才是真正的风景。
而我只关注，那个在坡上耕种的农民，
当我把视野，全部集中在他一人身上，
所有的风景，都成了他的背景。

二十三

那一片红树林，倒映在无波的湖中，以致一
半的湖水都染成了红色。红树林让我忆起了高
原，曾经也在一个湖边，一匹通体如同火炭一样
的烈马，也是这样平静地低着头吻着无波的水
面。

二十四

如果回忆是黯淡的，思念依然是香醇的，那么，我要在你的衣裙边上，镶上你的过往，镶上你的年轻，镶上你的微笑，让它们成为装缀你岁月最美的金边。

二十五

因为遇上了你，我戒去了悲观，戒去了踌躇。我以为，花好总会等到月圆，命运却把我们安排到，两条不同的河流中去，再也难以交汇。多年后，相思成灾。只要忆起你，我就知道，此生再也戒不去的，是那份深入骨髓的孤独。

二十六

　　我要呼吸，这山野的绿，呼吸这天空的蓝，呼吸这空气里甜润的水分，呼吸万物，在黎明发出的声音。我要努力让自己，成为自然最美章节中，一段精致的描述。

二十七

　　母亲，您的爱广袤无边。她在碧水的涟漪上，她在微醺的春风里，她在丁香的芬芳中……无处不在，时刻将我包容。母亲，您的爱，永远是离我最近的那一米阳光……

二十八

只要你在，我的生活就充满火热，
严冬片片飞雪，竟然也会如此的滚烫。
只要你在，我就不用害怕黑夜，
你的名字彻夜发着光，它就睡在我的枕前。
幸福啊！是阳光歌唱下的田野。

二十九

整个上午我动用了一朵白云，擦蓝了一片天
空。

整个下午，我动用了一根木桨，涤净了一面
湖泊。

夜晚来临，我动用了一根蜡烛，点亮了满天

的星辰。

这平凡的一天，我所做的一切都是为了你，你的名字充满着魔力，它甚至让我拥有，改变世界的力量。

三十

一生之间，都在向一口井学习。

从不高傲地俯瞰大地，只知谦卑地仰望星空。

三十一

叶有叶脉，掌有掌纹。

如果身体是树，手就是呵护这棵树的两片叶子。

手给予我们无微不至的关怀，穿衣、喂饭、洗脸、洗脚……快乐时为我们鼓掌，悲哀时为我们抹泪，手都是母亲创造我们时，赋予我们一生最好的礼物。

每次看到手，总是令我想到了母亲。

三十二

每个女人的制造，都耗费男人的一根肋骨。曾经深爱过的女人，走散了，像一滴雨融进一片海，再也找她不到。而胸口啊！多年以后还在隐隐作痛，它在提醒我，这里曾经断过一根肋骨……

三十三

如果石头会奔跑，肯定连风也追它不上。

如果石头会飞翔，它一定选择在云朵上筑巢。如果石头会歌唱，那一定是铿锵有力，不会是靡靡之音。

如果石头会流泪，这故事肯定会与你我有关。

三十四

为了心灵片刻的宁静，我必须把自己禁足在一个狭小的空间。我拒绝一切善意的打扰，甚至爱在门前的叩门……

三十五

　　黎明时的鸟鸣，可以说是清晨的礼赞，也可以说是黑夜的挽歌。

三十六

　　只要天气晴朗，在异乡的天空，我常常会邂逅到一颗孤星，她独自在天幕中闪烁，一次次深情地与我对视。而今我终于读懂她的心思，那不是孤星，那分明是母亲凝望我的眼睛。

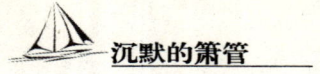

三十七

笼中的鸟，不幸被禁锢了身体，但它还是让自由的歌声，一次次地飞出笼外。

三十八

我知道，院子阳光下的老藤椅上还坐着母亲的老年。我知道，老屋墙上那把油亮的锄把上还闪烁着父亲的劳动。我知道，故乡的青石板上还行走着我蹒跚学步的童年。孩子，虽然你已经逐渐长大，但我知道，许多年前，那些风里还在回荡着你银铃般悦耳的笑声……

三十九

　　每次有人问母亲，您有几个孩子？母亲总要迟疑一下再回：哦！两个，一个儿子，一个女儿。我知道母亲为何迟疑，她是在为心里留一个位置，弟弟两岁时夭折已经有四十年，母亲的伤口还是没有愈合。

四十

　　所有沉默的事物，都需要一个领头者。当你慢下的时候，世界会跟着慢下；当你安静的时候，世界也会跟着安静。

四十一

夜晚坠落在草地的月光，发出冰与泉轻碰的脆响，我惊讶地捂住了嘴巴，但终究没能捂住那些从指缝里逸出的美好时光。

四十二

那时候，说话慢、走路慢、看书慢，
就连消息传得也很慢。
那时候，舟行慢、日落慢、雪化慢，
寄封信到别人手上也很慢。
那时候，候车慢、旅途慢、离别慢，
花前月下也很慢。
那时候，晨昏慢、季节慢、岁月慢，
一切都来得及，一切都很慢。

四十三

　　闭上眼睛，听钢琴在河对岸的演奏。

　　音乐其实都是水做成的，它舒缓地流动，

　　从耳朵穿入，逐渐流进肝脏、肺腑，最后抵达每根血管里的血液，以及灵魂的深处。

　　今夜的琴声，荡涤了我心灵上的尘埃，它让我重归母腹，重温羊水久违的抚慰。

四十四

　　我其实是故乡瓦背上的一缕炊烟。

　　有一天，大风把我吹散了，流落远方。

　　我无法扎根异乡，只能飘浮在空中，以云的姿态，眺望故乡。

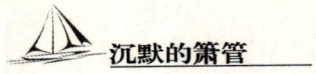

四十五

总是在开灯的那刻犹豫，被明亮的灯光一碰触，夜色就会消遁无形。

不是所有的灯光，都会诞生出希望，有时它也会掩饰贫穷，高举浮华。

我独爱夜色的深沉，它像那些深邃的思想，总是隐匿在不为人知的地方。

四十六

请不要这样好奇地看着我，为什么我会在这季节里喜欢到处疯跑，喜欢闭上眼睛，用手去触摸花、树、草叶、雨水，还有阳光和虚无。无它，我只是想感受一下，那种触摸到春天的感觉。

四十七

当我老的时候，我依然要保持一颗童心。高兴时，把白头发染黑。不高兴时，把黑头发染白。

四十八

我喜欢怀念过去，孩子，虽然你已逐渐长大，甚至可以与我等肩，但我仍然怀念你小时候的情景。我怀念你牙牙学语的姿态，怀念你脸上的污渍，怀念你身上的汗味和奶香，怀念你襁褓里的睡眠，怀念你每一次跌倒，以及每一次的哭泣……你幼时的每个细节都鲜活地刻进我的记忆，如果时间允许，我真的不希望你那么快地长大。

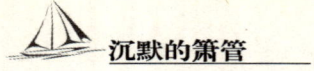

四十九

那些经过深思熟虑的话，看似冠冕堂皇，可实际上，它却早已背叛了我们的初心。

五十

我可以原谅你对我的伤害，但我无法原谅你对我情感上的虚伪。

五十一

苦难是千钧巨石，有人把它当作台阶，踩着它一步一步走上人生辉煌的顶点；有人把它背负身上，最终落得被压垮的下场。

五十二

月圆之夜，总有一匹时光的白马，踏着飞溅的月光，把我的思念，驮向遥远的故乡。

五十三

克制愤怒是最伟大的力量，因为我们已经成功地制止了一场来自心灵的风暴！

五十四

即便阳光落满它的身上，树上的黑鸦，还是像一团浓得化不开的暗影！

五十五

　　早晨走进和傍晚离开我房间的阳光，像是一位彬彬有礼的绅士，从不惊扰我片刻休闲的时光。

五十六

　　柳枝瘦成春天的腰，青草染绿大地的发，云朵化作思念的白，湖水映亮天空的蓝。在春天里我不想改变什么，只想成为你诗篇中一句赞美的诗行。

五十七

　　纵然成为一根羽毛，也不会失去翱翔天空的梦想；纵然成为一滴雨水，也不会忘记云朵的本色；纵然成为一颗沙粒，也不会遗落从岩石继承下来的坚毅。

五十八

　　如果我爱你，并不需要任何理由，就如我爱我足下这片土地。如果我失去了你，我也不想抱怨你，就像我从不抱怨已经消逝的过去。我和你之间，其实并不需要容纳那么多的爱和憎，你是你的，我是我的。我只想平静地欣赏你，就好似行走在漆黑的夜路上，去欣赏远处的一盏灯。

沉默的箫管

33

五十九

终于懂得，在繁花似锦的春天，迎春花是前奏，杏花李花郁金香……都还是铺垫，只有满山遍野的杜鹃花才是最强的音符，它把春天这首美妙的乐章直接推上了高潮。

六十

云朵无声地行走在空中，月光无声地将银辉洒向大地。母亲，当您想我的时候，您一定会无声地伫立在老屋的窗前，目光遥望着村口的方向。

六十一

云把思念贴在天上，根把执着扎进土中。浪啊！终日不停地喧哗，它期许得到大海母亲更多的怜爱。

六十二

从栅栏的空隙中探出的绿叶和花朵，不为炫耀和争宠，因为它们比谁都懂得阳光和雨露的珍贵！

六十三

　　落叶竭力离开枝头，只想把空出来的位置，让重生叶子绽放新芽。

六十四

　　在城市里蜗居，终日挣扎于名利的旋涡中，我像一枚脱去水分的枯叶，失去了原有的本真和自我。当我回到乡村，面对着黄土和庄稼，乱石和野草，我不止一次自惭形秽，它们中的任何一种，都比我活得纯粹，活得高尚。

六十五

向强权屈膝低头的人，注定会在更弱小的人面前，极力地呈现他的威风。

六十六

有些光可以指引夜路，有些光可以照亮历史。有些光始终温暖我们的心灵，它是婴孩时母亲抱着我，脸上呈现的圣洁。它是父亲在繁忙劳作时，汗水折射出的热忱。

六十七

一枚落叶飘进了我的窗台，莫非它就是前来借宿的秋天。

六十八

在旧的山水之间，我还在追忆你曾经的模样。只是我再也找不到比你眉还淡的山，再也找不到比你眸还深的潭。

六十九

　　总以为春雨是最温柔的，后来才知道这是一种错误。那年春天，奶奶出殡时。

　　那些从天而降的毛毛细雨，全部化作根根尖利的针，将我和我的亲人，个个扎得遍体鳞伤。

七十

　　我从没见过真正的花开，也从未有过一朵花，在我面展示开放。

　　孩子啊！当你还是在婴孩的时候，

　　你从闭着眼酣睡，到睁开眼醒来的瞬间。

　　就是我见过的，最动人的花开。

七十一

当所有的灯光都熄灭了，故乡的月亮，是唯一一盏为我点燃的灯火。

七十二

乡愁很轻，轻的似只有一根炊烟的重量。
乡愁很重，重的让我提不起离家的脚步。

七十三

　　浸泡在湖水里的月亮，是故乡的眼睛，总是给予我最深情的凝望。

七十四

　　柔和的湖水呀，你抚慰的都是我内心的疲惫。

　　纤细的柳枝呀，你每次的挥洒都像是一次伤感的别离。

七十五

　　这个黎明非常的宁静，我清晰地记得，最后几粒鸟鸣，也是掉进水中消失不见的。

七十六

　　行走在旅途中的人，渺小的像一串小小的省略号；坚守在工厂和地头劳作的人，是生活中不可或缺的逗号；一只游弋在平静河流上的天鹅，当它弯下脖子凝视水中倒影的时候，就像一个美丽而又优雅的问号……

七十七

虫鸣把欢乐藏在夜的皱褶中，
月光把温存藏在云的皱褶中，
母亲，当您笑起来我就知道，您把对我的
爱，都藏在额头、脸上，所有深深浅浅的皱褶
中。

七十八

那夜，月是一把镰刀，不停收割着无尽的夜
色。
这夜，我的心也是一把镰刀，却总是收割不
完疯长的乡愁。

七十九

我不能早早地睡去，我得带一些我喜欢的东西，进入我的梦境。我要带走流水，让我的梦里响彻着水的声音，我要带走花香，让它充斥梦境的天地。我还带些彩笔，把夜晚黑白的梦，涂抹成斑斓绚丽，就像你所看到的春天一样。

八十

乡居的日子，一切来得是那么的悠闲。

或者搬几尊青山养在绿水中，或者抓一把花香来泡早茶，或者摘一些清晨的鸟鸣，串成风铃，挂在窗台上。

八十一

　　清晨用餐，我要用新鲜的阳光作酱，蘸我的
面包；我要在牛奶中添份花香，让它喝起来更加
可口；我还需要一些纯净的云朵融入我的咖啡；
然后轻诵一段《圣经》，在三明治里夹上一层好
心情，这就是我认为最完美的早餐。

八十二

　　人们习惯于痛苦时醒着，却不防备在成功时
醉着。

八十三

　　一切的境遇都是最好的安排，即便是痛苦，即便是磨难，许多年以后，当我们回想起那些令人伤感的往事，你会惊讶地发现，它和诸多美好的过往一样，也在岁月深处泛着光。

八十四

　　只想做你的影子，光明一起前行，黑暗一道赴难。

八十五

　　喜欢天空的宁静和蓝，当它俯瞰大地，仿佛一切都与它有关，一切都与它无关。

八十六

　　曾经，在你的怀中，我是多么的富足。那些令人难忘的乡村夜晚，我枕过花香入眠；枕过月色入眠；枕过水声入眠；枕过虫唱入眠……而今，客居城市一隅，只要忆起你啊，故乡，彻夜我都枕着坚硬的乡愁，总是无法入眠。

沉默的箫管

八十七

花朵羡慕云彩的淡雅，云彩羡慕流水的透彻。

八十八

真正的文章，无不是截取身上最硬的骨头，制成了笔，蘸着一腔热血写成。

八十九

　　一直都在努力地保持内心的纯净，就像河蚌忍受疼痛孕育体内的珍珠。

九十

　　不是所有的花，都会结果，正如我们曾经相遇，却注定不能永远相依。

　　风起了，吹走一片片落花的故事，也带走了春天。

　　大地干净的，似乎什么事也没发生。但是我想告诉你，那些被风吹走的往事，你不记得，我还是清晰地记得。

九十一

　　大道边上的栀子花闻不到香味，那是因为路上的浊气将它掩盖了。白天听不到夜莺悦耳的啼鸣，那是因为都市的喧嚣将它掩盖了。少年啊！你若是保持着纯真的良知，这世间的滚滚红尘，将无法把你身上的光芒掩盖。

九十二

　　有这么一阵风，带着黄昏雨后清凉的气息，贴近我的唇前，想把我灌醉。
　　有这么一阵风，总是不停地撞击我的胸膛，它想穿透里面，卷走我内心因想你滋生的荒芜。

九十三

那一年，你穿着白裙静静地坐在故乡的一块黑岩上，仿佛是一片柔弱的月光栖息在夜的肩头。

九十四

夏天我的思念如叶子般繁盛，秋天它们成熟了，变成落叶满世界去找你。我想，这么多用叶子做成的信，肯定有一封你能读懂。

九十五

离开那么多年，忽然又想起你。我终于明白，在我们分离之后，世界上事实已经存在了两个不同的你，一个倚靠在别人臂弯里慢慢地老去，一个囚禁在我的记忆中永葆年轻。

九十六

父亲的字典里从来就缺少两个字。这就是这么多年，他从不在我和母亲以及妹妹面前，说"苦"或"累"这两字的原因。

九十七

　　有时我会这么想，这漆黑如墨的夜，是我从内心掏出的愁；有时我会这么想，这白亮如银的雨，是我从内心释放出的光。

九十八

　　半克重的虫鸣从草丛里奏鸣，月光照进我一平方尺的窗户，二十平米的卧室里，已经装满了夜来香的芬芳。

　　深夜一点十分，我还醒着。照片上的你离我枕前，只有一尺远的距离。但我知道，自从分离之后，我们便相隔无垠，更别说来生还会相遇。

九十九

那些生活在苦难中的人，都是一群活在岸上的鱼，他们个个翕动着嘴艰难地呼吸，彼此用泪水湿润对方的身体。

一百

母亲，在离开您的日子里，每夜我都想潜入您的梦，把您思念我的忧伤偷走。

一百零一

　　我从不惧怕夜，它如泛滥的黑水将我淹没，即便我什么也看不见，那也无妨，我的思想依旧会像一群星星，在暗夜里不停地闪烁。

一百零二

　　有些爱看似粗粝，但它却是砂纸，可以打磨出精致的生活。
　　有些爱看似精致，但它却是瓷器，一碰就碎。

一百零三

世间能否找到一把这样的剪刀？
剪下一段月色，做成薄纱，送给远方的你；
剪下一段晚霞，织成锦缎，送给远方的你；
剪下一段春光，裁成衣裳，送给远方的你。

一百零四

根一生寸步未离开土地，叶每到换季便要脱离枝头。人生有些事物，该坚守的必须学会坚守，该放弃的也要懂得放弃。

一百零五

生活很难遂心，我们原本想让自己开成一朵花，不料却被长成一棵草。

一百零六

眼睛看不见，并不意味心中就没有光。

一百零七

太阳每天都在昭示我们，只有燃烧自己，才能照亮世界。

一百零八

我们不知珍惜随意舍弃的，往往要花很大的力气才能将它找回。

一百零九

他们向我炫耀千万的豪车，我也可以向他们炫耀我的孩子。豪车纵然名贵用钱皆可买到，而孩子，哪怕你给我一个世界，我也不会换给你。

一百一十

　　我们应该像星星一样互相倾慕，倾慕彼此身上不一样的光华。

一百一十一

　　最困难的坚持，既不是在起步，也不是在中间，而是在离成功只有几步之遥的时候。

一百一十二

中年除了五分的稳重外，还应该有一分孩童的天真，一分老年的睿智，三分青年的热忱。

一百一十三

如果拥有一个庭院，可以不要很大，允许它简陋，允许野草来入户，允许泛白的青砖爬上青苔，允许鸟在树上筑巢，允许蜂蝶在野花丛中谈情说爱，允许暴雨、日光、四季游荡的风，允许虫蚁、瓦砾、杂乱无章的脚步，允许一切带有野性的东西在此生长，一如我想往的那种自由没有束缚的生活。

一百一十四

雨中从来听不见鸟的声音，哪怕你撑着伞站在密林之下。那么多的鸟儿集体失去踪迹，天空变得如此的单调和寂寞。此时，它们或躲在叶下，或躲在岩缝，或躲在檐底……只有两种鸟最值得我敬佩，一种是鹰，即使雨中依然逆风飞行；一种是雏鸟的母亲，在露天的巢中，它们努力地张开着翅膀，为嗷嗷待哺的孩子，撑起一面遮挡风雨的大伞。

一百一十五

夏至的早晨，第一记蝉声从河边柳林的密叶丛中响起，低沉沙哑又带点胆怯。短短的几秒钟，就再也听不见它的声音。

这短暂的蝉声仿佛是湖岸吹过的一阵小风，让湖面泛起一道细纹，又很快恢复了宁静。但我知道，第一记的蝉声代表的意义并不简单，它像亚马孙河畔蝴蝶掀动的翅膀，昭示着一场滚滚的热浪风暴，将在夏天里诞生。

一百一十六

我们无须让生活过得太快。可以花半个小时，轻啜一杯咖啡；可以坐在坡上，抱着膝，看一个下午的白云。可以去牧羊，去看农夫种地耕田，还可以一夜听雨，或者躺在一叶小舟上，在青山绿水间任意漂流……我们可以走得很远，但不可忽略身边奇妙的风景。我们可以活得很忙，但也要给灵魂片刻休息的时间。

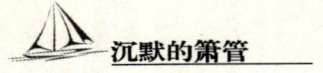

一百一十七

　　邪恶并不可怕，可怕的是那些在善的名义下行使的恶行。

一百一十八

　　洗去身上的龌龊要用净水，洗去心灵的龌龊要用泪水。

一百一十九

　　到水潭里打满满的一桶月光来，把它全部铺

在老屋的地上，做成世间最柔软的纸张。我要以黏稠的夜色为墨，让笔尖蘸满夜色，在这月光做成的纸上挥毫作画。

母亲，我能在这纸上画出您中年的辛劳，老年的沧桑，可是我却无法画出您年轻时的模样。

一百二十

南方雨水泛滥的时候，北方就会干旱，龟裂的土地像一张张干渴的嘴巴，期待雨水的润泽。

南方那些妙龄的女子，当她想念远方情郎的时候，就会一刻不停地收集雨水，或串成水晶般的往事，挂在光洁的脖子上，或酿成颗颗滚烫的眼泪，在暗夜里泛着动人的光。

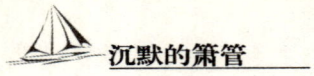

一百二十一

　　没有比夜空更深邃的地方，就连大海也不是。当你仰望高空，那些遥不可及的深处，仿佛藏着我们不可预测的未来。

一百二十二

　　好像明白了清晨鸟语的内容，好像知道了一夜雨后，所有雨水的去向。好像懂得星辰为何坠落，火焰从哪里获得光明的原因。好像清楚了地底下所有埋藏的秘密，又好像知晓那些消失的往事，会到哪个地方重新聚集……好像看到世界之门为我打开了一条缝，又好像它从未关过。

一百二十三

在世界面前，我们永远像一群懵懂的孩子，时而清醒，时而糊涂。

一百二十四

叶子是树的耳朵，没风的时候，它们会仔细地聆听着世界。叶子也是树的手掌，有风的时候，它们会快乐地挥着小手，为彼此的存在雀跃欢呼。

一百二十五

它们长得像稻子，但它们却叫稗子。

当所有的稻子鞠着躬低着头，向农人表示驯服的时候，稗子却挺直腰杆，昂着头颅，桀骜不驯地立在稻子群中。

千百年来，稗子总被农人厌恶和诅咒。等待它们的命运，或被拔除，或被焚烧，或被利刃无情地切割。

但稗子从不屈服，它们生了死，死了生，生生不息。

在广袤无垠的田野上，我唯独敬重稗子，它比任何植物都懂得活着的意义，以及自由的可贵！

一百二十六

夜晚的群山像一群黑色的羊，那些流淌在大地上的月光，宛如一条银色的河流。

每当我想起夜色下的故乡，脑海里浮现的总是一群黑羊，在白水河畔饮水的画面，它们是那么的和谐安详，任何躁动不安的心，都会在它的安抚下重归宁静。

一百二十七

夜色亲密地拥抱着我，如一个慈爱的母亲包容了犯错的孩子。

一百二十八

　　妇人在清晨的溪流里汲水，当她顶着水罐走在归途的时候，我听到日子在水罐里，发出叮当作响的声音。

一百二十九

　　夏天的热力，可不单是太阳发出来的。其实这时的世界，所有的一切都在燃烧。云燃烧着纯洁，天燃烧着蔚蓝，树木燃烧着绿意，花朵燃烧着芬芳，就连一无所有的蝉，也躲在密林深处，拼命地燃烧自己的声音。

一百三十

　　黎明，河畔的草地上，一个头发花白的老人将柔弱如水的目光，投向不远处的小灌木丛。他的目光是那么的温和，温和的像父亲注视自己的孩子；他的目光是那么的宁静，宁静的不肯惊动一片落叶。

　　从小灌木丛中钻出一条憨态十足的小花狗，它摇着小小尾巴向男子奔来，男子亲昵地将它抱在怀里，带着它往不远处的家缓缓走去。

　　我认识这个男人，二十多年前，他唯一的孩子死于一场车祸。半年前，他的老伴因病撒手人寰。现在的这条狗，是他唯一的依靠。

沉默的箫管

一百三十一

嫩绿的藤蔓攀援上古老的砖墙，如同早春的阳光爬上母亲长满褶皱的额头。

一百三十二

夜白相间的身体，喜鹊，你是从水墨画里跳出来的鸟儿。

你是中国文化中的一个符号。民谚中有你，童谣里有你，古诗词里有你，剪纸里也有你。

喜鹊，你招人喜爱，却从不是一只欺贫爱富的鸟儿，你不攀高枝，不居豪门檐下。

你喜欢把巢筑在寒门院落的任何一棵树上。每次你报喜的叫声，总会为那些陷入苦难的人，驱走心头的一丝阴霾。

喜鹊，不老的神鸟。你的歌声消弭苦难，总是一次次地燃起我们心中的希望之火。

每次当我们呼唤你的时候，你都会如约而至。

你一路穿过唐诗、宋词、元曲，越过关山无数，带着弥盖江南的烟雨，带着桃林期待的春天来了。

一百三十三

故乡的清晨无比宁静，鸟儿在枝头小心翼翼地叫着，它们生怕那些从叶缝中遗落的鸟声，会在树底的河面上溅起几朵水花。

沉默的箫管

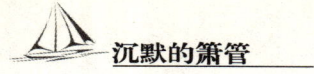

一百三十四

那时小姑娘刚5岁，她去隔壁比她大一岁的小哥哥家里，在他卧室雪白的墙上，为他作了一幅画。

画上有一棵大树，两个穿红衣和绿衣的小孩子，头挨着头肩并着肩坐在大树底下，远处是湛蓝的一片，小姑娘告诉小男孩：那是海。她指着画中穿绿衣的孩子说：这就是你。她还指着边上穿红衣的孩子说：这就是我。然后，她闭上眼睛幸福地说：我们在一起看海。

一年后，小姑娘得白血病去世了。小男孩再也寻不到她，但他坚信她还在世上，每次他看到这幅画，就会对画中的小姑娘说：我会找到你的，到那时，我一定会带着你去看海！

风把窗纸吹得哗哗作响，仿佛是海浪从遥远的天边传来的回应。

一百三十五

　　我问明月，何为母爱？明月无言，它把清辉默默洒向山冈，一如寒夜母亲给孩子披上衣裳。

　　我问涛声，何为母爱？涛声低咽，风把它的声音传送得很远，一如孤儿怀念母亲时的啜泣。

　　我问湖水，何为母爱？湖水沉静，湖面悄悄地印上了我的影子，一如母亲思念我忧伤的眼睛。

一百三十六

　　一只乌鸦并没有人们想象中那么糟糕，它的翅膀是浓缩的夜，告诉我们黑夜其实就潜伏在白天。它的声音是那么沙哑和聒噪，带着原汁原味的苦难，随时提醒我们要居安思危，不要乐极生悲。

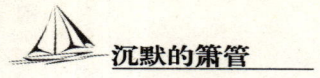

一百三十七

我们常常哀叹时光的无情，似乎刚刚才登台，却已临近谢幕。

一百三十八

准备一次这样的旅行，去荒漠，去海边，去无人的山野，远离城市的喧嚣，带上灵魂出行。

我要背着空的行囊出去，背着空的行囊归来。

我的行囊其实不空呀！它装满了山径的月色，野花的清香，还有溪流的声响，秋虫的呢喃，我真的是满载而归。

一百三十九

所有的回忆都只是时光的碎片，它们从来没有真正地完整过。

一百四十

从来没有免费的午餐，也从来没有不付代价换来的胜利。我们跌跌撞撞找到的黎明，也是通过舍弃整夜的星光换来的。

一百四十一

十月山中，古木参天，幽深的小径，落叶如蝶，铺满半边山道。

行走在静谧的小径上，我并没有感到丝毫的孤单。

那些处在道旁幽暗的树林里，藏着许多动物好奇的目光。

这目光犹如绿荫一样，轻轻地覆盖在我的身上，生怕惊动古老的山岭，还有那些还在沉睡的时光……

一百四十二

心灵的回归，不需要轻裘肥马，衣锦还乡。一条通往故园的阡陌，就已足矣！

一百四十三

　　白天是暗影们被驱逐的时刻，它们被阳光流放、驱赶、切割，或躲在树底下瑟瑟发抖，或缩在墙角里哀哀哭泣……

　　暗影多像一群生活在底层，被命运随意摆布，苦难无助的人。

一百四十四

　　每次当我读书的时候，我能感知到书也在读我。我们一直都在彼此欣赏，我欣赏它的睿智，它欣赏我的宁静。

　　它向我敞开所有具有生命的文字，毫无保留。我也向它完全地敞开我的心扉，互诉衷肠，并期待它像一束光那样照到里面，直到驱除我内心所有的寒冷和阴暗。

一百四十五

我不知道风有没有眼睛，我只知道它曾从门口进入，从窗口进入，从一切有缝隙的地方钻过。

我不知道风有没有翅膀，我只知道它曾扇起满地的落叶，让它们像七彩的蝴蝶，在空中飞舞。

我不知道风有没有尾巴，我只知道它曾扫过那些高大的橡树，让它们强壮的躯干，像哭泣的孩子那样战栗不安。

一百四十六

清晨有许多鸟儿在我的院子里歌唱，金丝掠

鸟、乌鸦、画眉、相思雀……

它们的歌声湿润清凉，像一方新开的碧玉，有的歌声落在草丛里，有的歌声掉在绿荫上，也有的歌声乘着风去了更遥远的地方……

只有细心的孩子们能拾到鸟儿的歌声，他们把它藏在童年的记忆里，让它每夜都在睡梦里，泛出迷人的光。

一百四十七

如果大自然是一本书，那么星星和月亮是会发光的文字，河流和道路是曲折的情节，花草和树木是散发清香的诗句，山川和大海是博大的篇章。

一百四十八

花儿可以采撷一朵放在手中欣赏，你的微笑可否让我采撷一朵珍藏。

一百四十九

那颗从草叶上滑落的雾水，可是你离别时的忧愁？

那颗从花瓣尖跌落的露水，可是你相逢时的喜悦？

那颗从檐角下滴落的雨水，可是你思念时的伤楚？

一百五十

怎么可能忘记，那年与你初遇，你的眼神如同一把猎枪，温柔地将我击中。

一百五十一

黄昏，消失在天边的驼铃，是夕阳向大地辞别时，发出的最后叹息。

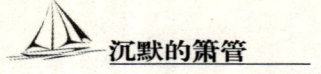

一百五十二

独裁者为了在世人面前展示他的全能，他总是在不停地制造着谎言。

一百五十三

火可以融化钢铁，但爱可以融化比钢铁更坚硬的冷漠。

一百五十四

　　每一只飞鸟的翅膀上都沾满了神的光辉，它们从未被世俗玷污过。

一百五十五

　　我只是一根沉默的箫管。
　　你不在的时候，风把我的悲伤，吹得不成曲调。

一百五十六

流落异乡的人都是一叶漂泊无定的小舟。母亲，您的叮咛是帆，您的思念是桨，它们都会带着游子早日回归故乡。

一百五十七

物质上的贫困顶多使人挨饿受冻，而精神上的贫困却会令灵魂枯萎。

一百五十八

　　在故乡，四十岁的我，最害怕莫过于路上有人喊我的乳名。

　　在异乡，四十岁的我，最惊喜莫过于路上有人喊我的乳名。

一百五十九

　　每一朵云彩都有思念，每一颗石头都有梦想，每一座大山都懂坚持，每一片波涛都会愤怒。

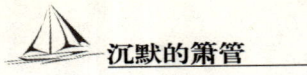

一百六十

他们喜欢南方，喜欢那些温暖的早晨，初升的阳光通透的，像一杯鲜榨的柠檬汁。

而我喜欢北国，喜欢那些白雪纷飞的夜晚，在低矮的小木屋里，傍着温暖的壁炉与你一道读诗。

曾经炉膛里的火苗，将跳跃的影子，投在你专注的脸上，那是我一生中，见过你最动人的模样。

一百六十一

好的诗歌就像开放在阳光下，那些朴素的花朵，它们并非惊艳的颜色，却足以将阅读者沉寂已久的灵魂唤醒。

一百六十二

　　幼童们最容易得到满足，所以相比起那些大人，他们更容易收获到快乐。

一百六十三

　　一觉醒来已是清晨，阳光还是那么淡，绿荫还是那么浓，孩子依然可爱，你依旧年轻。

　　我终于可以安心出门，用辛劳去镀亮父亲这块徽章。

一百六十四

　　把磨难交付给生活，把憧憬交付给未来，只要在最孤寂的时刻，才会把思念交付给远方，一个让你伤得很深的人。

一百六十五

　　那年青山如画，你我俱是图画中人。如今青山依旧，我亦走入画中，而你早已走出画外。你我之间，一个画中，一个画外，纵使青山不老，红颜依旧，人生注定再难相逢。

一百六十六

夜里，有许多玫瑰谢了，片片坠下的花瓣，没有飘散到地上，而是飞落进我的梦中。

黎明，星辰都将隐退。最后几颗星星已经开始动身，它们要去一个隐秘的地方，擦亮我的梦想。

一百六十七

爱无法驱赶黑暗，但它却能使你在黑暗里发着光。

爱无法阻止生活中的苦难，但它可以从苦难的生活中酿出蜜糖。

爱无法赋予你翅膀，但它仍可以带着你去自由地飞翔。

一百六十八

　　离开故乡的游子，灵魂都是有缺损的，你若问起我那灵魂的模样，就如天上的月缺一般。

一百六十九

　　如果你未醒来，这清晨明媚的春光，又有何用？
　　如果你还睡着，这满天绽放的星辰，又有何用？
　　你存在，不仅是为你活着。
　　你让我的人生变得有了意义，也让世界变得有了意义。

一百七十

大海才是最忧伤的，因为它心里蓄满着咸咸的泪水。

一百七十一

越是黑暗的天空，越能衬托出星星的明亮。

一百七十二

夏天的海滩是最热闹的，孩子们躺在碧波上

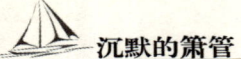

与浪花嬉戏。这里，海风收集了他们的欢笑，海滩收集了他们的脚印，大海收集了他们的童真。

而孩子的父母们，则急切地把这一帧帧珍贵的画面，收集到各自的记忆里去了。

一百七十三

夜晚的蚂蚁迷路了，萤火虫提着灯笼为它把归途照亮。

一百七十四

母亲从乡下托人给城里的我，寄来一筐土豆。土豆个个皮薄肉厚，上面还沾着不少新鲜泥土。

这些土豆在我眼里，个个都不平凡。它们身

上有故乡的印记，记住了故乡滋养过它们的阳光、雨露、沃土……更重要的是它们记住了母亲的汗水。

一百七十五

　　幼童站在窗前，看着母亲蹲在窗台上，小心地擦着玻璃。

　　他透过玻璃看到天空，湛蓝的天上飞来几朵乌云。孩子急切地叫道："妈妈，把那几朵乌云也一块擦掉吧！你看，它们把天空都弄脏了！"

一百七十六

　　夜里除了月光，一切都已早早睡着了，燃烧着的月光，其实才是最孤独的。

一百七十七

　　神是最圣洁的，所以他也不希望世人有一点龌龊。

一百七十八

　　暴雨下着下着，突然停止了，像极度悲伤后引起的失语。

一百七十九

　　每次回家，发现母亲的白发又多了。异乡的冬天，我都不忍心去看雪。

一百八十

　　只有那些倾慕天空的草，才会长出像星星一样璀璨的花。

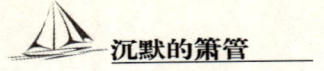

一百八十一

黎明前来敲门的时候，黑夜正用背影向世界告别。

一百八十二

消逝的时光不停地提醒我们：你已经制造了太多无谓的过去。

一百八十三

　　作为这个季节舞台的主唱，蝉的歌声让人有点不敢恭维。但是如果缺少了它的演唱，夏天就会变得寂寞。

一百八十四

　　故乡的门一直都在虚掩着，它从不会拒绝任何归人，哪怕是一个曾经背弃它的游子回家。

一百八十五

平淡的日子里，让我们彼此欣赏，如一朵花细嗅另一朵花的芬芳，一片云轻牵另一片云的温柔。

一百八十六

当别人犯了错时，我们喜欢大声指责。当我们自己做错事时，我们却习惯保持缄默。

一百八十七

小路不断向前延伸，因它迫切地想聆听远方。

一百八十八

可以与一朵花相爱，做她的情人，或者成为她的孩子。

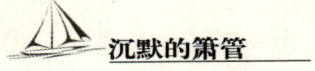

一百八十九

根把自己埋在地下，她也是一位把爱藏得很深的母亲。

一百九十

只有鹿，才是山野真正的精灵。
诗人说，在你回眸的地方，
总有一朵春天在羞涩地绽放。

一百九十一

一个没有梦想的孩子，就像一只不会飞的鸟一样让人担心。

一百九十二

那些从叶缝中漏到地上的月光，多么像母亲细碎的叮咛。

一百九十三

富人与穷人之间，永远隔着一堵厚厚的墙，一堵用叹息筑成的墙。

一百九十四

在世俗人的眼里，奉承像是盛开怒放的玫瑰，而忠言反倒像玫瑰花下，那些让人生厌的尖刺。

一百九十五

　　昨天，我看见一只鸟儿被关进笼子里，我透过铁栅栏看着它，眼神充满着怜悯。

　　今天，我的窗前飞来一只鸟儿，它透过玻璃看着我，眼神也充满着怜悯。

一百九十六

　　黄昏，夜开始藏起那轮血红的落日，如同一个严肃的父亲，把爱深藏在他的心底。

一百九十七

每一滴雨，都深藏着，
世界的影子。
　　就似当年，我平凡的眼眸里，深藏着你多姿
的青春。

一百九十八

　　蛰居冬天太久，才二三盏春风，却把我醉得
找不到回家的方向。

一百九十九

　　最后一朵菊花凋谢了，它哀悼了一个逝去的秋天。

二百

　　天空像是一只巨大无朋的眼睛，当它溢满深情的蔚蓝，俯瞰大地的那刻，就和母亲用慈爱的眼神，望着熟睡的婴儿一样。

二百零一

有些时候，我的身体睡着了，但我疲惫的灵魂依然醒着，他沉默不语地坐在我的身体边上，一直守候到天明。

二百零二

山高昂着头颅，结果天空离它越远。海匍匐着身子，它因谦卑成就了伟大。

二百零三

郁金香对夕阳说，我最讨厌黑夜，它妒忌我，所以才会掩盖我的容颜。

茉莉对晚风说，请把花香送得再远一点，我要让更多的人，都能闻着它安然入睡。

二百零四

沙漠虽然荒凉，但它还是成就了胡杨的刚毅和骆驼的坚韧。

二百零五

初夏，起于蝉的聒噪。立秋，始于蝉的静默。这蝉声的起落，正如季节转换时最巧妙的拐点。

二百零六

太阳底下，一只小狗不停地转着身子，做着咬自己尾巴的游戏。一旁的小娃娃吮吸着指头，他渴望自己也有一条这么灵巧的尾巴。

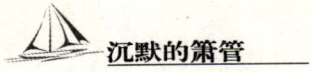

二百零七

叶子缝隙里透出的点点阳光，似乎比夜晚的星群还要璀璨。

二百零八

祖传的瓷碗被孩子打碎了，母亲一点一点把它扫入畚斗。

她没有心疼，反觉庆幸，瓷片没有割伤孩子的手。

二百零九

这夜，月亮是一只吐着银丝的蚕。

河流和湖泊都在收集着月光，一个像玉带，一个似银盘。

村庄笼罩着皎洁的月华，如浸泡在氤氲的雾气中。

一只松鼠，蹲在山岗上的一棵老松树的枝丫上，好奇地望着月亮。

二百一十

月光是一群矫健的烈马，它们在湖里洗澡，又在湖面上呼啸奔跑。

月光是一张无字的诗页，只有博学的风，才

能吟诵出其中的内容。

月光是一面薄薄的利刃，它最适合收割这从故乡连绵到天涯的乡愁。

二百一十一

春天，被风吹翻的石头，从坡顶快乐地滚到坡底。

这一次看似简单不过的旅行，却足以让它铭记一生。

二百一十二

每个酣睡的娃娃，都是妈妈喜于乐见的。他不哭不闹，甜美地入睡，均匀地呼吸，宁静得像一个崭新的黎明。一缕晨光，透过窗棂轻轻地打在他的脸上，他在梦呓中唤着妈妈。

二百一十三

雪地上蹲坐着几个寂寞的雪娃娃。玩了整整一个下午，孩子们两手空空回去了，他们把快乐带回了家。

二百一十四

在病房里医治三年后，男人终于撒手人寰。出租房里，他的遗孀和三个年幼的孩子，抱头哀哭，抽屉里只有十几个一元五毛的硬币，厨房里还剩七八个土豆。再过三天，就是新年了。

二百一十五

一个坚持要让七岁的儿子独自上学的父亲，他在儿子出门后，爬到房顶的阳台，目送儿子的背影很久。

二百一十六

一颗荷叶上的水珠，从叶上滑入水面，一朵小小的水花刚刚生起，倏忽又消失了踪影。

一只青蛙，从荷塘水底探出脑袋，它睁着圆鼓鼓的黑眼，努力地倾听着周围的动静。一会儿，又有水珠从荷叶滑下。

二百一十七

　　夏日夜晚，一场雨悄然而至。

　　西边下着雨，东边却升起一轮圆圆的月亮。

　　人们忙着躲雨避雨，忙着回家，没有人去欣赏那一轮孤独的月亮。

二百一十八

　　阳光下，清澈见底的溪水，鱼群和它们灵动的影子，在铺满柔软黄沙的河床上面游动。

　　溪水在光照下，变得如同水晶一般虚幻，以至我们分不清光和水，到底有何不同。

　　鱼群仿佛在这一刻都浮在空中，它们忘记了水的存在，在光和影之间，成双成对，自由地穿梭。

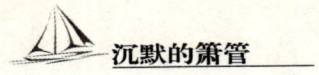

二百一十九

　　即使分离，也一刻不会忘记她当初的容颜。

　　多年以后，我悲哀地发现，虽然我珍藏了她年轻时的模样，但我却无法再记起，她年轻时的声音。

二百二十

　　清晨，急雨突然而至。

　　一些雨点在瓦背上唱歌，一些雨点在荷叶上跳舞，一些雨点在水面上种出朵朵银白的莲。

　　还有一些雨点，在快乐地敲击着，门口那辆装有自动报警器的电动车，它们拼命地捉弄它，让它不停惊恐地尖叫着。

　　雨点多像是一群天真烂漫的娃娃。

二百二十一

雨后的洼地上，积满了雨水。

每一个积水的洼地都是一面镜子，倒映着屋子、树影、人像、动物……

如果天晴后露出太阳，很多洼地上会倒映出，一个飘着白云的蓝底天空。

你若探头一看，肯定会吓得脚打哆嗦，仿佛一头栽下去，就会跌入白云，跌入那无尽的天空。

二百二十二

花朵是春天的嘴唇，它们渴望阳光的热吻。

二百二十三

一朵花凋谢了。不！那是自然失手打碎了它的一个杯子。

二百二十四

九十岁的爷爷背拘得更弯了，我知道，他弓成桥一样的背，一定还想为我们承托起什么。

二百二十五

门会说话，门都有自己的语言。城里的铁门，常以"嘭"的巨响，表达对陌生人的拒绝。乡间的木门，"吱呀"两声，溢出都是满满的对客人造访的惊喜。

二百二十六

真正的沉默，应该像影子一样低调，像静水一样澄澈，像书本一样睿智。

二百二十七

秋天，稻谷被收割回家，忙碌了一季的稻草人，也是满怀幸福地被农夫带了回来。

它被送进火热的炉膛，充当烧饭用的柴火。

二百二十八

一株从石头底下长出的草，比一棵长在峭壁上的松还要伟大。

二百二十九

　　在海拔一千多米的山腰处邂逅了一朵云，它的身上居然带着故乡熟悉的炊烟味道。

二百三十

　　一匹死去的战马残骸，被制成琴骨，琴师配上琴弦时发觉，这琴弹出的曲子，足以令人怒发冲冠，仰天长啸。

二百三十一

　　秋夜，比高粱更密的是天上的星群，比星群更密的是地上的虫声。

二百三十二

　　乌压压的夜色，从天边使劲压了下来，群山无畏，用背脊把它顶了起来。

二百三十三

　　一面湖上飘着一叶孤舟，一棵老柳树把影子倒映在水上，一只蝉爬在柳树枝上唱歌，它唱的是寂寞的清秋。

二百三十四

　　冬夜，寒风呼啸，一个衣衫褴褛，头发花白的老乞丐，头枕着一条麻袋，瑟缩着身体睡在骑楼冰冷的走廊上。他像一本被人翻得破烂的悲情小说，令人不忍卒读。

二百三十五

宇宙即世界，世界即宇宙。

小小的地球只是宇宙中的一粒尘埃。

有人把地球当成世界，有人把国家当成世界，也有人把城市当成世界，还有人把方圆几里的地方当成世界，把自己的家当成世界。

无论怎样看待，世界大小，只在于我们心中能装下多少。

你心中若装得下一座山，世界就是一座山；你心中若装得下一片海，世界便是一片海；你心中若装得下一个星空，世界便是一个星空……

二百三十六

　　最初，他还是幼童的时候，他家的小圆桌，每次吃饭，坐得下爷爷和奶奶，爸爸和妈妈，还有他和妹妹。

　　后来，外出打工的爸爸从脚手架上摔下死了，妈妈带着小妹不知到哪里去了。

　　他和爷爷奶奶一起生活。再后来爷爷也因病去世。

　　如今，十二岁的他和七十五岁的奶奶相依为命。

　　每天，他和奶奶依旧会在小圆桌上吃饭，只是那些空出的位置，在他眼里就像奶奶缺牙的豁口一样，令人心酸。

二百三十七

那么美丽的世界，一览无遗地展现在你的面前。可惜，你偏偏用砖块堵上你的窗。

二百三十八

人类自诩的艺术，许多都只是摆设没有一点作用。反观自然界的事物，造物主所造的一山一水，一草一木，一沙一石，没有一样显得多余。

二百三十九

想邀月光共眠，打开西窗，请进来的却是响彻了一条街的车喇叭声，还有足足填了半屋子的廉价路灯。这就是我的城市生活。

亲爱的，请你原谅，今夜，我没有写诗的灵感。

二百四十

大雨滂沱，一把打开的红雨伞孤零零地蹲在路边，伞把已被两块石头固定住，伞下趴着三只避雨的流浪猫。

伞的主人，一个年轻的短发姑娘全身湿透回到家，她告诉妈妈，今天出门忘了带伞。

二百四十一

在自然的景物面前，一切人为的艺术都显得尤其苍白，包括诗歌。

我们贫乏的语言已无法述说自然的美丽。

二百四十二

把自己新出版的诗集送给她，她才翻了几页，就看不下去了。

天很热，她拿着我的新书当扇子用，这让我感到欣慰，我的书竟然还有别的用途。

二百四十三

这么多年，熟悉的山川都没多大的变化，草黄了又青，花谢了复开，只是我们的青春，走了就没有见它再回来。

二百四十四

我常常会在梦里遇见母亲。母亲说她也经常在梦里遇见我。

我和母亲在相隔四百多公里的两地，做着梦见对方的梦。

虽然我和母亲无数次在梦里相见，但可惜我们做的都不是同一个梦。

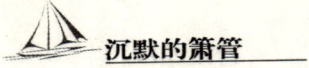

二百四十五

树丫上，一个露天的巢，三只饥饿的雏鸟张着大嘴，等妈妈。

二百四十六

清晨的荷叶上，不经意滑下一颗露珠，被惊吓到的青蛙，"扑通"一声，从草丛跃入了池塘。

二百四十七

第一缕阳光射进了农庄，公鸡早立在墙头，不知啼叫多少遍了。

二百四十八

两只牛在村子外，一只悠闲地在吃草，另一只泡在水塘里露出一个头，牧童不知哪里去了。

二百四十九

    乡道上，孩子们三三两两背着书包，结伴去上学。最小的那个孩子，没有走路，他坐在父亲的肩头上。

二百五十

    道旁几棵玉兰树，头上全被剪锯一空，剩下光秃秃的树干，像一个无助的人，把手臂伸向高远的天空。

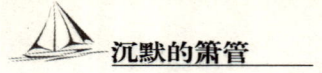

二百五十一

整个夜晚我都没有睡意，我把月光打造成一把弯刀，收割那些不停滋长着对你的思念。

二百五十二

漆黑如墨的夜，也并不可惧。

我要在马蹄上安上月光，让它为我照亮一条归家的路。

二百五十三

薅草的工人走了，拉走一车半人高的杂草，窗前的草地越发显得空荡荡的，所幸虫声未被收走，夜里它们又在窗前鸣叫，再次唤醒了我对故乡的记忆。

二百五十四

所有美好的东西，都能让人的心灵归于宁静。就像那些美丽风景，总是让我不由自主地屏住呼吸。

二百五十五

秋天是个调皮的娃娃，他经常坐在落叶上，把它当成滑翔机。

他也喜欢拿起画笔，把世界涂抹得五彩斑斓。

他还指挥夜晚草丛里的小虫，让它们在月光下举办一个盛大的音乐会。

他不知疲倦，白天夜里都一样贪玩。

有时候，他也会孤独。不信你听，那窗前飘来的秋雨里，有他低低的呜咽。

二百五十六

我知道，表白等于就是一场战争。

我是一支枪，我的胸膛里已装满激情的子弹。我要扣动扳机，让子弹从枪口呼啸而出，并以爱的名义，向你开火！

你终于出现了，我在慌乱中扣下扳机，没有声音，子弹卡壳了！

二百五十七

每一位留守老人都像是一座破败的房子，这房子里所有值钱的东西，早被子女一淘而空。而现在，这座摇摇欲坠的房子里，只剩下贫困和孤独。

二百五十八

它让石头像田鼠一样奔跑；

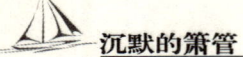

它让落叶像蝴蝶一样翻飞；

它让河水像烈马一样咆哮。

它是游荡在自然界中的一个精灵，只要它融合进去，任何没有生命的东西，都会迸发出生命的活力，它的名字就叫风。

二百五十九

没有比这夜收到的礼物更为珍贵，秋月送我一江的白练，秋虫送我一山的虫鸣。

二百六十

有一种人，从不会向强权低头，因为他的骨头里不仅不缺钙，而且铁的成分早已严重超标。

二百六十一

摊开手心，掌纹纵横交错，像一条条曲曲折折的道路，那么多的路啊！到底哪一条会通往故乡？

二百六十二

因为一件值得高兴的事，我在幽静的小径里边跑边开怀大笑。我笑的时候，道路两旁的野芷也跟着笑了起来。它们比我笑得还要夸张，它们在风中笑得前俯后仰，不停地颤动着身体。

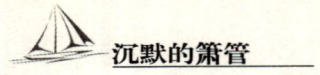

二百六十三

　　我真得无比富足。白天，太阳把我的老房，镀成了一间金屋。夜晚，月亮把我窗前的池塘，变成了一面银湖。

二百六十四

　　行走在秋天的月色下，我的脚步轻灵像只修行了十世的猫。

　　我怕我的脚步会惊扰草丛那些不知疲倦的歌者。

　　我也担心我的脚步会踩痛地上的月光，它会像停电的灯一样，突然间就熄灭了。

二百六十五

在异乡偶遇乡下的邻居，这让我欣喜万分，用打量故乡一样的目光看着他。

二百六十六

木桩上一圈圈的花方，它在向我们展示大树的年轮。

厚厚的近视眼镜片里，一圈连着一圈，莫非昭示着知识的年轮。

聪明的小雨点，当你滴落在门前的小池塘，那一圈一圈荡开的涟漪，莫非就是时光的年轮。

二百六十七

让落叶重回枝头，让雨点重返天空，让波浪重归沉寂，让夕阳化作朝阳。如果可以重来，我要回到从前，那个我们还未曾分离，相识的最初。

二百六十八

夏天的一场急雨后，石臼里面储藏了一些雨水，它对着天上的流云说，我终于明白了肚子里装着泪水的滋味。

二百六十九

　　秋虫在窗前呢喃，如果你仔细听，你会发觉它的声音，很像小娃娃在梦呓中，低低地念叨着妈妈。

二百七十

　　瀑布迫不及待地从悬崖上，跌入山谷底下的深潭，如一个流浪许久的人，饱含着热泪，扑进了爱人的怀抱。

二百七十一

　　黄昏，海滩上留有一串孩子长长的脚印，漫上来的海水将它一个个抹平，这是海水最乐意做的游戏，有时它比孩子们还要调皮。

二百七十二

　　这么多年没有你的音讯，江南的桃花谢了又开。

　　这么多年未见你的身影，当年桃林只余春风寂寂。

　　终于明白了，桃花为何开得那么红？它其实就是春天最美的一道伤口。

　　终于明白了，每年桃花盛开时对你灼热的思

念，因为你，就是我今生最深的伤口。

二百七十三

幸福的孩子，每晚带着笑睡在父母的身边。悲伤的孩子，每晚带着泪孤独入睡。

他们是留守在村里的儿童，渴望在每天的梦里，见到阔别已久的父母。

二百七十四

驴从不敢忤逆它的主人，它把自己的一切不幸都归咎在那口磨上，为此它每天干活，都在心里诅咒它。

二百七十五

雨后乡村的泥泞路上，留下不少人和动物的脚印，这些随意而为，大大小小，形状不一的足迹，反倒更像是一件件精心雕琢的艺术品。

二百七十六

一口有着百年历史，锈迹斑斑的铁钟，肯定曾经敲醒过，许多人不切实际的梦想。

二百七十七

　　三只蜜蜂在花上采蜜，一只爬在花蕊上沉醉不醒，一只不停地在几朵花之间来回穿梭，最后一只停留在最美的一朵花面前，鼓动着双翅将它细细地欣赏。

二百七十八

　　菜市场门口，一枚最小面值的硬币，闪着银光躺在发白的水泥地上，它的身边走过无数双不同的鞋子，没见有一双为它驻足停留。

沉默的箫管

151

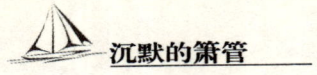

二百七十九

　　一只喜鹊在农人院墙上啼叫，农人在院子地上撒了一把谷子，给它作为奖赏。隔了几天，一只乌鸦也站在院墙上叫唤，农人直接捡起一颗鸡蛋大的石头。

二百八十

　　大白天，一头肥胖的猪还在猪舍里呼呼大睡，它的头顶的屋梁上，一只蜘蛛在忙碌地修补着，昨夜被风刮破的网。有时勤快者过的生活，不见得比懒惰者优越。

二百八十一

　　我看见阳光像无数把金色的镰刀，向着秋风无情地斩落，我听到秋风阵阵的哀号，这声音震得许多树叶都簌簌而下。

二百八十二

　　白天，光在世界唱主角，暗缩在角落里，紧张地不敢发出一点声响。夜晚，暗在世界唱主角，当房子里漾起灯光，它就胆怯地守在门外，甚至失去了敲门的勇气。

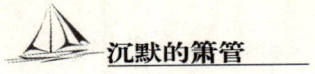

二百八十三

怕推窗，怕见月亮，见月亮就会忆起故乡。

怕月光，怕它打湿我的脸颊，打湿我这扇眺望故乡的窗。

二百八十四

夏夜的萤火虫是一群飞翔的音符，它在田野里浅吟低唱。

夏夜的萤火虫是一串闪烁的文字，在天空上写下朴素的诗行。

夏夜萤火虫是引领我们回归童年的光，只需一盏，就可把整个儿时美好的时光照亮。

二百八十五

人间有多少座大山，世上就有多少桩苦难。山，实体盘踞于大地，虚影沉重地压在苦难者的心上。

二百八十六

唐诗里的月亮，不知照亮了我多少夜读的时光。故乡的月亮，我要从水里捞起你的影子，把它镶嵌在异乡的窗上。

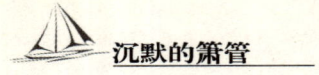

二百八十七

听说你在异乡，一个人，每天与影儿相伴。
听说你在异乡，一个人，每夜身边睡着苦难。

二百八十八

檐角的雨滴呀！请滴得慢点，我要采下晶莹的几颗，串成手链，送妈妈。

夜晚的月光呀！请晚点消散，我要留下柔软的一段，做成纱巾，送妈妈。

过路的清风呀！请停下脚步，我要用你把妈妈脸上的皱纹，揉平成年轻时的模样。

二百八十九

　　你说，苦难的生活是一口深不见底的枯井，任谁在边上探看都会心存恐惧。

二百九十

　　山是伫立在水边的沉默，云是穿行在碧空的温柔，你是我游走在远方的牵挂。

二百九十一

今夜夜空漆黑一片，昨夜的星辰，昨夜的月光，又不知游向了何方？

二百九十二

晚风偷走玫瑰的花香，岁月偷走了佳人的容颜，那个出生才几天的婴儿，他已成功地偷走了妈妈的心。

二百九十三

肯定有什么会发光的东西，在天上被打碎了，所以无数碎片化作星辰，剩下两颗大的，一个化为太阳，一个化为月亮，它们本应来自一个整体。

二百九十四

当我和你对视，我在你的眼睛里，看到帆影大海、日升月落、昨天还有遥不可及的未来。

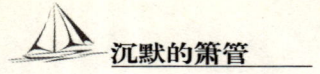

二百九十五

那时候，我们还很小，总相信天上的星星会掉落到地上。

它们若掉进水里，就会像花瓣一样飘浮在水上；

它们若坠入草丛，就会像雪一样覆盖在叶上；

最好让它们落在风中，像萤火虫一样闪烁着光芒。

二百九十六

一条弯弯曲曲的小径，通向森林那些神秘的地方。

它的尽头或许是大海，波平浪静，只有几只沙鸥盘旋其上。

它的尽头或许是山冈，微风吹过松林，像春雨一样"沙沙"作响。

它的尽头或许是大路，即便是流浪者走在上面，也是一路欢声歌唱。

二百九十七

即便我很渺小，即便我被人群忽视，我一样不在乎这些。

我不奢求名利，只愿像这夜间的秋虫，不倦地歌唱，向世界发出微弱的声音。

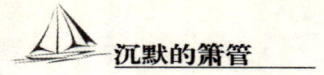

二百九十八

看镜子，看玻璃，看那些水中的倒影，总觉得发现了一个藏在另一个世界的自己。

二百九十九

我的孤独有时是平的，平得像一张狭小的床榻，平得只容你一人躺下。

我的孤独有时是软的，当我思念你的时候，它就变成一根软软的绳索，紧紧地勒住我的脖子，让我痛苦得无法呼吸。

三百

毛巾不小心沾上了牛奶，等它风干后，孩子，那毛巾上散发的味儿，突然让我闻到了，你婴孩时身上那种熟悉的气息。

那时我初为人父，你身上的奶香，是我最迷恋的味道。

三百零一

云是孩子们的避难所，它不仅好看，而且好吃。

爸爸，如果我做错了事，或者考试不及格，我会躲进一朵云的内部，累了在里面睡觉，饿了靠吃云来充饥。

你一定找不到我，爸爸！虽然我就在你的头顶上。你这么忙，怎么可能抬头去关注一朵云呢？

三百零二

　　如果我是一个大苹果。孩子，请不要和我讲那些羞羞的事情，关于流鼻涕、尿床这些事，我小时候也时常这样做，我听了会脸红的。

　　如果我是一个大苹果。孩子，请把我放在你的床头，我会每天给你的卧室带来无尽的香气，关于这一点，我承诺，在我枯干前，我保证能做到。

　　如果我是一个大苹果。孩子，你渴了或者是饿了，我都不会吝啬你把我吃掉。孩子，请把我留下的核种到你家的院子里，来年春天，我会长成一棵你最喜欢的苹果树。

三百零三

老鼠在墙洞里叹息，已经有好长一段时间没有见到猫了，这样的日子过于安逸，缺乏一点激情。

老鼠在墙洞里叹息，身子是越来越胖，越来越肥了，哎呀！以后胖成一个球状，怎么好见人呢？

老鼠在墙洞里叹息，主人生活越来越好了，却不知道珍惜粮食，垃圾桶里食物堆积如山。如果有一天世道变了，生活变困顿了，那该怎么办？

三百零四

　　我梦见自己进了一个大商店，那里在做促销，有好多不同颜色不同味道的冰淇淋吃。

　　我不停地吃着冰淇淋，当我吃到第七种时，爸爸你一脚把我踹醒了。

　　你怎么把我的美梦给踹跑呢，爸爸，你太冲动了，虽然你不是故意的。爸爸，你快到床底下找一找，也许你还能帮我找回那个梦呢！

三百零五

　　名利虽然可以成为一种动力，但它却是毒杀一切才智的砒霜。

三百零六

　　那条无人的山径遍布着阳光，我轻轻地走上去，发现路在倾听我，树在倾听我，草在倾听我，阳光在倾听我，就连天上的流云也止住了脚步，都在好奇地倾听我。

　　什么时候我变得如此备受关注，霎时，我都感到有点受宠若惊起来。

三百零七

　　他们说火焰不懂得灰烬，就像年轻不懂得衰老，但我认为，有时候人生真的不能过于清醒，因为清醒就意味着痛苦。

三百零八

那天的黎明圣洁的像一页《圣经》，我把一片花香轻轻含在嘴里。我坐在一棵大树底下想你，树上的鸟声打湿我的春衫，水边，风卷起柳树的长发。又让我，仿佛见到了豆蔻年华时的你。

三百零九

每只鹰都是天空的王者，即便死亡也不会坠落凡间。当鹰感觉到自己的归期，它们便会振翅高飞，向着太阳的方向进发，终于它们靠近了太阳，融化成烈焰，与太阳合为一体。你若在晴天看那太阳，那里面总会出现，一个个小小黑色的斑点，请不要讶异，那就是鹰生前的影子，鹰不屈的魂魄。

三百一十

三千年的陶罐，陈列在我的面前。古朴的花纹犹在，内敛的釉光像一块沉默的琥珀。

三千年前，伊在江边用此陶罐汲水，她赤足、长袍、眸如星辰，长发飘飘……

三千年前，我只是放竹排的船夫，我用高亢的歌声，只想触摸她的指尖。

三千年后，物是人非，爱情是一尾游弋在深海里的鱼，它虽存在，但你却遍寻不着。

三百一十一

因为离别，才怀念与你相处的岁月。曾经与你几度相视，最长的也只有几秒。几十年后，那段短暂的相视，却依然让我怦然心动。

三百一十二

我们常会嘲笑一条狗的忠诚，我们常会嘲笑孩童们的无知，我们常会嘲笑农人的质朴……我们嘲笑的，往往是我们身上丢失已久，最为珍贵的东西。

三百一十三

他发达后回乡了，村还是那个村，破败、贫穷。就连他的百万豪车，开在路上也很颠簸。他回到家里，很多乡亲过来看他。他跟他们讲自己的奋斗史，从一个不名一文的穷小子，到现在几百万的豪宅也有多套。大半天时间，他只讲他自己的故事，没有提及村里失修的小学，甚至他的亲叔叔上山种茶，摔断了腿，他也没过问。人群中绝大多数人都很沉默，只有几个抽了他递的中华烟的村干部，奉承了他几句。人都陆续地走了，他还想再留他们一下，听听他的创业史。可是他发现，乡亲们看他的眼神很陌生，仿佛彼此不在同一个世界，他也不知道这到底是为什么？

三百一十四

　　我觉得，菜地不会产生爱情，豇豆不可能会爱上豆角，就像冬瓜不可能会爱上南瓜。所有的蔬菜都迷恋阳光、土地和水，它们不会轻易地爱上别人，它们只爱自己。

三百一十五

　　被送到城里的蔬菜瓜果都是幸福的，它们渴望自己的种子、根须或块茎，能在这块陌生的土地上繁衍生长。然而城市冰凉的水泥地，注定会粉碎它们的梦想。所以，进城的蔬菜瓜果结局都一样：快乐地来，悲哀地去。

三百一十六

　　菜园也是花园，俗世开的那些鲜花，如同影视明星一样遭人热棒。唯独没有人，会去关注一朵菜花。菜花在菜园里默默绽放，它们像乡间的农人一样朴素无华，只知奉献，不知索取。

三百一十七

一堵墙帮我们和邻居隔开，它保守了我们的秘密，同样也清楚我们的秘密。当没有人的时候，那些装在墙里面的秘密，会竭力想从墙体内逃走。它们撑破了墙皮，还成功地让墙多了几条缝。

三百一十八

一只白色塑料袋，飘浮在十六层楼的上空。它俯瞰着下面的芸芸众生，得意洋洋地说：只要得势了，垃圾照样也可以飞。

三百一十九

离别时，让我再看你一眼，你的一只眼睛里盛满着眷恋，另一只眼睛里盛满着哀愁。

三百二十

有时候，不能走得太快，否则跟在后面的灵魂，就怎么追也追不上了。

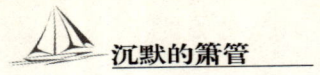

三百二十一

冬天，爷爷去世已多日。孩子忧郁地问妈妈：爷爷哪里去了？我都好久没见到他了。妈妈说：爷爷在山上，他把自己种到土里去了。哦！孩子不再伤感，他天真地拍着手说：我知道了，爷爷是在跟我们玩捉迷藏，等到春天，爷爷一定会从地里重新长出来。

三百二十二

不是所有的落叶，都是被风吹落的。即使没有风，衰老的叶子也会脱离树枝，它们化成一声声祝福，融进了贫瘠的土地。

三百二十三

即便我成为一朵火红的玫瑰，在你面前，我也甘愿褪尽颜色，成为一枝无名的花朵。

即便我成为一颗璀璨的星星，在你面前，我也甘愿收敛全部的光芒，成为一块极其普通的石头。

为你，我不愿变得优秀，我要让你看到我的平凡，平凡得足以和你过好每一天。

三百二十四

我打碎了家里的花瓶，妈妈肯定会责怪我的，不行，我得跑到花园里躲起来，哎呀，那么多的花儿怎么知道我做错了事？要不它们怎么一

个个，脸都笑得那么红。

三百二十五

　　爸爸，快去公园吧！早晨有许多鸟儿在树上叫，地上落满了一地的鸟声。快把家里所有的布袋都带去，我们要在里面装满鸟声。等到天冷下雪时，只要打开布袋，雪地上就会飞出，一串串快乐的鸟声。

三百二十六

　　我的孤独有时是平的，平的像一张狭小的床榻，平的只容你一人躺下。我的孤独有时是尖的，当你离我而去的时候，它就会变成，一颗棱角分明的小石头，硌得我整夜都睡不好觉。

三百二十七

　　我是你头顶，飘浮的云。我是你背后，轻扬的风。我是夜晚，距你最近，只有半米长的，一段失眠的月光。

三百二十八

　　这么多年，将乡愁做成枕，梦听江南夜雨潇湘。这么多年，把思念折成船，飘零江湖云水为家。

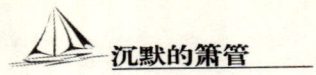

三百二十九

　　马群西遁，它们没有在我心底形成飓风，却簇拥成一朵，温暖冬天的火焰。

　　站在异乡的天空下，极目苍凉，我的琵琶，黯然无声。

　　什么时候，漆黑的夜里，有星群再度泛起；什么时候，借一段月光，将今夜的无眠照亮。

　　高原的风，依然是我的呼吸。明日，我要停止一场漂泊，坐在异乡的一根炊烟上，去眺望我的故乡。

三百三十

　　昨日，我伤害过我爱的人，也伤害过爱我的

人，痛彻心扉。今夜，我清算了自己，和不可饶
恕的往事干杯，握手言和。明天，也许日子依旧
苍白，但我仍然，会带着你的祝福走上征途。

三百三十一

　　最是怀念那个初夏，在弥漫青草味儿的土地
上，蝉声过早地催生了它。

　　那荷叶上的露珠，折射出阳光的热情，一只
只蚂蚱停留在玉米叶上，眺望远方。

　　艄公的号子已经远去，白鸟的影子，正从塘
河的波浪上，急急地掠过。它们都将成为这个季
节最生动的符号。

沉默的箫管

三百三十二

秋天把金色，藏在一条铺满黄叶的小径上。一个身材矮小的姑娘，选择在秋天，把自己的哀伤，装在一件大氅披风里面。

灯亮了，她把自己藏于夜色，高举着杯中的孤独，一杯接一杯，饮下。紧锁的门外，没有人，只有灯火在流浪。

三百三十三

云朵轻揉着天空，风儿轻揉着大树，灯火轻揉着水波。黄昏，一首怀旧的老歌，又在轻揉谁，藏在心底的回忆。

三百三十四

总是陶醉于鲜花，赞美与掌声，又总是逃避着意见，规劝和善意的批评。直到最后，我悲哀地发现，我的身体，我的人生，都是脆弱的瓷，一触就碎。

三百三十五

从故乡盗取一枚月光，碾成细末揣在怀中，在异乡想家的时候，我就用它来疗伤。

三百三十六

失去光明后，小小的他开始学会，用耳朵去
看世界。

三百三十七

黄昏，最后一朵夕阳，被母亲采下，点燃炉
膛，温暖了整个夜晚。

三百三十八

　　眼前这个无波的湖，如停滞的云，不动的山，愉悦的时光。恰似最初我与你相见时，深情的凝望。

三百三十九

　　我的眼睛，有时会很大，大的能装进一条大海，装进一片天空，乃至一个世界。

　　我的眼睛，也时会很小，小的只能容下，小小的一个你。

　　当你出现在我的面前，大海和天空，乃至这个世界，它们似乎，从来也没有存在过。

三百四十

一直以为，冬天是一棵苍老的白桦。

风是一把尖利的锯子，当锯子锯开白桦的树身，那些飞扬而起的木屑，就是雪落的时候。

三百四十一

如果你在乎我，我愿意为你涂抹上，任何你爱的颜色。玫瑰的红，薰衣草的蓝，为你献上滚烫的诗行，一遍一遍写下你的名字，没有一点空隙留存。如果你不在乎我，我会一直保留原色，沉默如我，苍白如我，风吹起我，如吹起蝴蝶哀伤的翅膀。这个时候，你会看到，广场上空翻飞着，一片被遗落的月光。

三百四十二

　　我不会轻易去想你，我知道，想念是一种奢侈的易碎品。所以，我不会轻易去想你。我只会在三个特殊的时段，才会想起你，日暮乡关，天涯羁旅，诗潮喷涌。

三百四十三

　　有些草长在水边，有些草长在坡上。长在水边的，总是葱绿水嫩。长在坡上的，入目一片焦黄。也有的草，从乡村移植到城市，如坡上移植到水边。来到城市的草，一样长得葱绿水嫩，只是在梦醒之后，脑海浮现的，总是坡上的那片苍凉。

三百四十四

如果成功来临，我不会去选择欢笑。我会去选择流泪，我要用最纯净的泪水，去洗刷，生活给我的屈辱漠视，还有积压内心的不甘。在最困难的日子里，我从不落泪。而这一刻，我要拼尽全身的力量去痛哭一回，因为我比谁都懂得眼泪的珍贵。